Die Göttin Diana

Heinrich Heine

Nachtrag zu den »Göttern im Exil«

Vorbemerkung

Die nachstehende Pantomime entstand in derselben Weise wie mein Tanzpoem »Faust«. In einer Unterhaltung mit Lumley, dem Direktor des Londoner Theaters der Königin, wünschte derselbe, daß ich ihm einige Ballettsujets vorschlüge, die zu einer großen Entfaltung von Pracht in Dekorationen und Kostümen Gelegenheit bieten könnten, und als ich mancherlei der Art improvisierte, worunter auch die Dianalegende, schien letztere den Zwecken des geistreichen Impresarios zu entsprechen, und er bat mich, sogleich ein Szenarium davon zu entwerfen. Dieses geschah in der folgenden flüchtigen Skizze, der ich keine weitere Ausführung widmete, da doch späterhin für die Bühne kein Gebrauch davon gemacht werden konnte. Ich veröffentliche sie hier, nicht um meinen Ruhm zu fördern, sondern um Krähen, die mir überall nachschnüffeln, zu verhindern, sich allzu stolz mit fremden Pfauenfedern zu schmücken. Die Fabel meiner Pantomime ist nämlich im wesentlichen bereits im dritten Teile meines »Salon« enthalten, aus welchem auch mancher Maestro Barthel schon manchen Schoppen Most geholt hat. Diese Dianenlegende veröffentliche ich übrigens hier an der geeignetsten Stelle, da sie sich unmittelbar dem Sagenkreise der »Götter im Exil« anschließt und ich mich also hier jeder besondern Bevorwortung überheben kann.

Paris, den 1. März 1854

Erstes Tableau

Ein uralter verfallener Tempel der Diana. Diese Ruine ist noch ziemlich gut erhalten, nur hie und da ist eine Säule gebrochen und eine Lücke im Dach; durch letztere sieht man ein Stück Abendhimmel mit dem Halbmonde. Rechts die Aussicht in einen Wald. Links der Altar mit einer Statue der Göttin Diana. Die Nymphen derselben kauern hie und da auf dem Boden, in nachlässigen Gruppen. Sie scheinen verdrießlich und gelangweilt. Manchmal springt eine derselben in die Höhe, tanzt einige Pas und scheint in heiteren Erinnerungen verloren. Andere gesellen sich zu ihr und vollbringen antike Tänze. Zuletzt tanzen sie um die Statue der Göttin, halb scherzhaft, halb feierlich, als wollten sie Probe halten zu einem Tempelfeste. Sie zünden die Lampen an und winden Kränze.

Plötzlich, von der Seite des Waldes, stürzt herein die Göttin Diana, im bekannten Jagdkostüme, wie sie auch hier als Statue konterfeit ist. Sie scheint erschrocken, wie ein flüchtiges Reh. Sie erzählt ihren bestürzten Nymphen, daß jemand sie verfolgt. Sie ist in der höchsten Aufregung der Angst, aber nicht bloß der Angst. Durch ihren spröden Unmut schimmern zärtlichere Gefühle. Sie schaut immer nach dem Wald, scheint endlich ihren Verfolger zu erblicken und versteckt sich hinter ihre eigne Statue.

Ein junger deutscher Ritter tritt auf. Er sucht die Göttin. Ihre Nymphen umtanzen ihn, um ihn fernzuhalten von der Bildsäule ihrer Gebieterin. Sie kosen, sie drohen. Sie ringen mit ihm, er verteidigt sich neckend. Endlich reißt er sich von ihnen los, erblickt die Statue, hebt flehend seine Arme zu ihr empor, stürzt zu ihren Füßen, umfaßt verzweiflungsvoll ihr Piedestal und erbietet sich, ihr ewig dienstbar zu sein mit Leib und Leben. Er sieht auf dem Altar ein Messer und eine Opferschale, ein schauerlicher Gedanke durchdringt ihn, er erinnert sich, daß die Göttin einst Menschenopfer liebte, und in der Trunkenheit seiner Leidenschaft ergreift er Messer und Schale Er ist im Begriff, dieselbe als Libation mit seinem Herzblut zu füllen, schon kehrt er den Stahl nach seiner Brust: da springt die wirkliche leibliche Göttin aus ihrem Versteck hervor, ergreift seinen Arm, entwindet seiner Hand das Messer und beide schauen sich an, während einer langen Pause, mit wechselseitiger Verwunderung, schauerlich entzückt, sehnsüchtig, zitternd, todesmutig, voll Liebe. In ihrem Zweitanz fliehen und suchen sie sich, aber diesmal nur, um sich immer wiederzufinden, sich immer wieder einander in die Arme zu sinken. Endlich setzen sie sich kosend nieder, wie glückliche Kinder, auf dem Piedestal der Statue, während die Nymphen sie als Chorus umtanzen und durch ihre Pantomimen den Kommentar bilden von dem, was sich die Liebenden erzählen

(Diana erzählt ihrem Ritter, daß die alten Götter nicht tot sind, sondern sich nur versteckt halten in Berghöhlen und Tempelruinen, wo sie sich nächtlich besuchen und ihre Freudenfeste feiern.)

Man hört plötzlich die lieblich sanfteste Musik, und es treten herein Apollo und die Musen. Jener spielt den Liebenden ein Lied vor, und seine Gefährtinnen tanzen einen schönen, gemessenen Reigen um Diana und den Ritter. Die Musik wird brausender, es erklingen von draußen üppige Weisen, Zimbel- und Paukenklänge, und das ist Bacchus, welcher seinen fröhlichen Einzug hält mit seinen Satyren und Bacchanten. Er reitet auf einem gezähmten Löwen, zu seiner Rechten reitet der dickbäuchige Silen auf einem Esel. Tolle ausgelassene Tänze der Satyren und Bacchanten. Letztere, mit Weinlaub oder auch mit Schlangen in den flatternden Haaren oder auch mit goldenen Kronen geschmückt, schwingen ihre Thyrsen und zeigen jene übermütigen, unglaublichen, ja unmöglichen Posituren, welche wir auf alten Vasen und sonstigen Basreliefs sehen. Bacchus steigt zu den Liebenden herab und ladet sie ein, teilzunehmen an seinem Freudendienste. Jene erheben sich und tanzen einen Zweitanz der trunkensten Lebenslust, dem sich Apollo und Bacchus, nebst beider Gefolge, sowie auch die Nymphen Dianas anschließen.

Zweites Tableau

Großer Saal in einer gotischen Ritterburg. Bediente in buntscheckigen Wappenröcken sind beschäftigt mit Vorbereitungen zu einem Balle. Links eine Estrade, wo Musiker zu sehen, die ihre Instrumente probieren. Rechts ein hoher Lehnsessel, worauf der Ritter sitzt, brütend und melancholisch. Neben ihm stehen seine Gattin im enganliegenden, spitzkrägigen Châtelaine-Kostüm und sein Schalksnarr mit Narrenkappe und Pritsche; sie bemühen sich beide vergeblich, den Ritter aufzuheitern durch ihre Tänze. Die Châtelaine drückt durch ehrsam gemessene Pas ihre eheliche Zärtlichkeit aus und gerät fast in Sentimentalität; der Narr scheint dieselbe übertreibend zu parodieren und macht die barocksten Sprünge. Die Musikanten präludieren ebenfalls allerlei Zerrmelodien. Draußen Trompetenstöße, und bald erscheinen die Ballgäste, Ritter und Fräulein, ziemlich steife, bunte Figuren, im überladensten Mittelalterputz; die Männer kriegerisch roh und blöde, die Frauen affektiert sittsam und zimperlich. Bei ihrem Eintritt erhebt sich der Burgherr, der Ritter, und es gibt die zeremoniösesten Verbeugungen und Knickse. Der Ritter und seine Gemahlin eröffnen den Ball. Gravitätisch germanischer Walzer. Es erscheinen der Kanzler und seine Schreiber in schwarzer Amtstracht, die Brust beladen mit goldnen Ketten und brennende Wachskerzen in der Hand; sie tanzen den bekannten Fackeltanz, während der Narr aufs Orchester hinaufspringt und dasselbe dirigiert; er schlägt verhöhnend den Takt. Wieder hört man draußen Trompetenstöße.

Ein Diener kündigt an, daß unbekannte Masken Einlaß begehren. Der Ritter winkt Erlaubnis; es öffnet sich im Hintergrunde die Pforte, und herein treten drei Züge vermummter Gestalten, worunter einige in ihren Händen musikalische Instrumente tragen. Der Führer des ersten Zuges spielt auf einer Leier. Diese Töne scheinen in dem Ritter süße Erinnerungen zu erregen, und alle Zuhörer horchen verwundert Während der erste Zugführer auf der Leier spielt, umtanzt ihn feierlich sein Gefolge. Aus dem zweiten Zuge treten einige hervor mit Zimbel und Handpauke Bei diesen Tönen scheinen den Ritter die Gefühle der höchsten Wonne zu durchschauern; er entreißt einer der Masken die Handpauke und spielt selbst und tanzt dabei, gleichsam ergänzend, die rasend lustigsten

Tänze. Mit ebenso wildem, ausschweifendem Jubel umspringen ihn die Gestalten des zweiten Zugs, welche Thyrsusstäbe in den Händen tragen. Noch größere Verwunderung ergreift die Ritter und Damen, und gar die Hausfrau weiß sich vor züchtigem Erstaunen nicht zu fassen. Nur der Narr, welcher vom Orchester herabspringt, gibt seinen behaglichsten Beifall zu erkennen und macht wollüstige Kapriolen. Plötzlich aber tritt die Maske, welche den dritten Zug anführt, vor den Ritter und befiehlt ihm, mit gebieterischer Gebärde, ihr zu folgen. Entsetzt und empört schreitet die Hausfrau auf jene Maske los und scheint sie zu fragen, wer sie sei. Jene aber tritt ihr stolz entgegen, wirft die Larve und den vermummenden Mantel von sich und zeigt sich als Diana im bekannten Jagdkostüme. Auch die andern Masken entlarven sich und werfen die verhüllenden Mäntel von sich: es sind Apollo und die Musen, welche den ersten Zug bilden, den zweiten bilden Bacchus und seine Genossen, der dritte besteht aus Diana und ihren Nymphen. Bei dem Anblick der enthüllten Göttin stürzt der Ritter flehend zu ihren Füßen, und er scheint sie zu beschwören, ihn nicht wieder zu verlassen. Auch der Narr stürzt ihr entzückt zu Füßen und beschwört sie, ihn mitzunehmen. Diana gebietet allgemeine Stille, tanzt ihren göttlich edelsten Tanz und gibt dem Ritter durch Gebärden zu erkennen, daß sie nach dem Venusberge fahre, wo er sie später wiederfinden könne. Die Burgfrau läßt endlich in den tollsten Sprüngen ihrem Zorn und ihrer Entrüstung freien Lauf, und wir sehen ein Pas de deux, wo griechisch heidnische Götterlust mit der germanisch spiritualistischen Haustugend einen Zweikampf tanzt.

Diana, des Streites satt, wirft der ganzen Versammlung verachtende Blicke zu, und nebst ihren Begleitern entfernt sie sich endlich durch die Mittelpforte. Der Ritter will ihnen verzweiflungsvoll folgen, wird aber von seiner Gattin, ihren Zofen und seiner übrigen Dienerschaft zurückgehalten Draußen bacchantische Jubelmusik, im Saale aber dreht sich wieder der unterbrochene steife Fackeltanz.

Drittes Tableau

Wilde Gebirgsgegend. Rechts: phantastische Baumgruppen und ein Stück von einem See. Links: eine hervorspringend steile Felswand, worin ein großes Portal sichtbar. Der Ritter irrt wie ein Wahnsinniger umher. Er scheint Himmel und Erde, die ganze Natur zu beschwören, ihm seine Geliebte wiederzugeben. Aus dem See steigen die Undinen und umtanzen ihn in feierlich lockender Weise. Sie tragen lange, weiße Schleier und sind geschmückt mit Perlen und Korallen. Sie wollen den Ritter in ihr Wasserreich hinabziehen, aber aus dem Laub der Bäume springen die Luftgeister, die Sylphen, herab, welche ihn zurückhalten, mit heiterer, ja ausgelassener Lust. Die Undinen entweichen und stürzen sich wieder in den See.

Die Sylphen sind in helle Farben gekleidet und tragen grüne Kränze auf den Häuptern. Leicht und heiter umtanzen sie den Ritter. Sie necken ihn, sie trösten ihn und wollen ihn entführen in ihr Luftreich; da öffnet sich zu seinen Füßen der Boden, und es stürmen hervor die Erdgeister, kleine Gnomen mit langen weißen Bärten und kurze Schwerter in den kleinen Händchen. Sie hauen ein auf die Sylphen, welche entfliehen, wie erschrockenes Gevögel. Einige derselben flüchten sich auf die Bäume, wiegen sich auf den Baumzweigen, und ehe sie ganz in den Lüften verschwinden, verhöhnen sie die Gnomen, welche sich unten wie wütend gebärden.

Die Gnomen umtanzen den Ritter und scheinen ihn ermutigen und ihm den boshaften Trotz, der sie selber beseelt, einflößen zu wollen. Sie zeigen ihm, wie man fechten müsse; sie halten Waffentanz und spreizen sich wie Weltbesieger da erscheinen plötzlich die Feuergeister, die Salamander, und schon bei ihrem bloßen Anblick kriechen die Gnomen mit feiger Angst wieder in ihre Erde zurück.

Die Salamander sind lange, hagere Männer und Frauen, in enganliegenden feuerroten Kleidern. Sie tragen sämtlich große goldene Kronen auf den Häuptern und Zepter und sonstige Reichskleinodien in den Händen. Sie umtanzen den Ritter mit glühender Leidenschaft; sie bieten ihm ebenfalls eine Krone und ein Zepter an, und er wird unwillkürlich mit fortgerissen in die lodernde Flammenlust; diese hätte ihn verzehrt, wenn nicht plötzlich Waldhorntöne erklängen und im Hintergrund, in den Lüften, die Wilde Jagd sich zeigte. Der Ritter reißt sich los von den Feuergeistern, welche wie Raketen versprühen und verschwinden; der Befreite breitet sehnsüchtig die Arme aus gegen die Führerin des wilden Jagdheeres.

Das ist Diana. Sie sitzt auf einem schneeweißen Roß und winkt dem Ritter mit lächelndem Gruß. Hinter ihr reiten, ebenfalls auf weißen Rossen, die Nymphen der Göttin sowie auch die Götterschar, die wir schon als Besuchende in dem alten Tempel gesehen, nämlich Apollo mit den Musen und Bacchus nebst seinen Gefährten. Den Nachtrab auf Flügelrossen bilden einige große Dichter des Altertums und des Mittelalters sowie auch schöne Frauen der letztern Perioden. Die Bergkoppen umwindend, gelangt der Zug endlich in den Vordergrund und hält seinen Eintritt in die weit sich öffnende Pforte zur linken Seite der Szene. Nur Diana steigt von ihrem Roß herab und bleibt zurück bei dem Ritter, dem freudeberauschten. Die beiden Liebenden feiern in entzückten Tänzen ihr Wiederfinden. Diana zeigt dem Ritter die Pforte der Felswand und deutet ihm an, daß dieses der berühmte Venusberg sei, der Sitz aller Üppigkeit und Wollust. Sie will ihn, wie im Triumphe, dort hineinführen da tritt ihnen entgegen ein alter weißbärtiger Krieger, von Kopf bis zu Fuß geharnischt, und er hält den Ritter zurück, warnend vor der Gefahr, welcher seine Seele im heidnischen Venusberge ausgesetzt sei. Als aber der Ritter den gutgemeinten Warnungen kein Gehör schenkt, greift der greise Krieger (welcher der treue Eckart genannt ist) zum Schwerte und fordert jenen zum Zweikampf. Der Ritter nimmt die Herausforderung an, gebietet der angstbewegten Göttin, das Gefecht durch keine Einmischung zu stören; er wird aber gleich nach den ersten Ausfällen niedergestochen. Der treue Eckart wackelt täppisch zufrieden von dannen, wahrscheinlich sich freuend, wenigstens die Seele des Ritters gerettet zu haben. Über die Leiche desselben wirft sich verzweiflungsvoll und trostlos die Göttin Diana.

Viertes Tableau

Der Venusberg: ein unterirdischer Palast, dessen Architektur und Ausschmückung im Geschmack der Renaissance, nur noch weit phantastischer und an arabische Feenmärchen erinnernd. Korinthische Säulen, deren Kapitäler sich in Bäume verwandeln und Laubgänge bilden. Exotische Blumen in hohen Marmorvasen, welche mit antiken Basreliefs geziert. An den Wänden Gemälde, wo die Liebschaften der Venus abgebildet. Goldne Kandelaber und Ampeln verbreiten ein magisches Licht, und alles trägt hier den Charakter einer zauberischen Üppigkeit. Hie und da Gruppen von Menschen, welche müßig und nachlässig am Boden lagern oder bei dem Schachbrett sitzen. Andere schlagen Ball oder halten Waffenübungen und Scherzgefechte. Ritter und Damen ergehen sich paarweis in galanten Gesprächen. Die Kostüme dieser Personen sind aus den verschiedensten Zeitaltern, und sie selber sind eben die berühmten Männer und Frauen der antiken und mittelalterlichen Welt, die der Volksglaube, wegen ihres sensualistischen Rufes oder wegen ihrer Fabelhaftigkeit, in den Venusberg versetzt hat. Unter den Frauen sehen wir z.B. die schöne Helena von Sparta, die Königin von Saba, die Kleopatra, die Herodias, unbegreiflicherweise auch Judith, die Mörderin des edlen Holofernes, dann auch verschiedene Heldinnen der bretonischen Rittersagen. Unter den Männern ragen hervor: Alexander von Mazedonien, der Poet Ovidius, Julius Cäsar, Dieterich von Bern, König Artus, Ogier der Däne, Amadis von Gallien, Friedrich der Zweite von Hohenstaufen, Klingsohr von Ungerland, Gottfried von Straßburg und Wolfgang Goethe. Sie tragen alle ihre Zeit- und Standestracht, und es fehlt hier nicht an geistlichen Ornaten, welche die höchsten Kirchenämter verraten.

Die Musik drückt das süßeste Dolcefarniente aus, geht aber plötzlich über in die wollüstigsten Freudenlaute. Dann erscheint Frau Venus mit dem Tannhäuser, ihrem Cavaliere servente. Diese beiden, sehr entblößt und Rosenkränze auf den Häuptern, tanzen ein sehr sinnliches Pas de deux, welches schier an die verbotensten Tänze der Neuzeit erinnert. Sie scheinen sich im Tanze zu zanken, sich zu verhöhnen, sich zu necken, sich mit Verspottung den Rücken zu kehren und unversehens wieder vereinigt zu werden durch eine unverwüstliche Liebe, die aber keineswegs auf wechselseitiger Achtung beruht. Einige andere Personen schließen sich dem Tanz jener beiden an, in ähnlich ausgelassener Weise, und es bilden sich die übermütigsten Quadrillen.

Diese tolle Lust wird aber plötzlich unterbrochen. Schneidende Trauermusik erschallt. Mit aufgelöstem Haar und den Gebärden des wildesten Schmerzes stürzt herein die Göttin Diana, und hinter ihr wandeln ihre Nymphen, welche die Leiche des Ritters tragen. Letztere wird in der Mitte der Szene niedergesetzt, und die Göttin legt ihr mit liebender Sorgfalt einige seidene Kissen unter das Haupt. Diana tanzt ihren entsetzlichen Verzweiflungstanz, mit allen erschütternden Kennzeichen einer wahren tragischen Leidenschaft, ohne Beimischung von Galanterie und Laune. Sie beschwört ihre Freundin Venus, den Ritter vom Tode zu erwecken. Aber jene zuckt die Achsel, sie ist ohnmächtig gegen den Tod. Diana wirft sich wie wahnsinnig auf den Toten und benetzt mit Tränen und Küssen seine starren Hände und Füße.

Es wechselt wieder die Musik, und sie verkündet Ruhe und harmonische Beseligung. An der Spitze der Musen erscheint, zur linken Seite der Szene, der Gott Apollo. Aufs neue wechselt die Musik; bemerkbar wird ihr Übergang in jauchzende Lebensfreude, und zur rechten Seite der Szene erscheint Bacchus nebst seinem bacchantischen Gefolge. Apollo stimmt seine Leier, und spielend tanzt er nebst den Musen um die Leiche des Ritters. Bei dem Klange dieser Töne erwacht dieser gleichsam wie aus einem schweren Schlafe, er reibt sich die Augen, schaut verwundert umher, fällt aber bald wieder zurück in seine Todeserstarrung. Jetzt ergreift Bacchus eine Handpauke, und im Gefolge seiner rasendsten Bacchanten umtanzt er den Ritter. Es erfaßt eine allmächtige Begeisterung den Gott der Lebenslust, er zerschlägt fast das Tamburin. Diese Melodien wecken den Ritter wieder aus dem Todesschlaf, und er erhebt sich halben Leibes, langsam, mit lechzend geöffnetem Munde. Bacchus läßt sich von Silen einen Becher mit Wein füllen und gießt ihn in den Mund des Ritters. Kaum hat dieser den Trank genossen, als er wie neugeboren vom Boden emporspringt, seine Glieder rüttelt und die verwegensten und berauschtesten Tänze zu tanzen beginnt. Auch die Göttin ist wieder heiter und glücklich, sie reißt den Thyrsus aus den Händen einer Bacchantin und stimmt ein in den Jubel und Taumel des Ritters. Die ganze Versammlung nimmt teil an dem Glücke der Liebenden und feiert in wieder fortgesetzten Quadrillen das Fest der Auferstehung. Beide, der Ritter und Diana, knien am

Ende nieder zu den Füßen der Frau Venus, die ihren eignen Rosenkranz auf das Haupt Dianas und Tannhäusers Rosenkranz auf des Ritters Haupt setzt. Glorie der Verklärung.

13/13